CONFÉRENCE

FAITE

LE LUNDI 22 AVRIL 1816,

A LA SOCIÉTÉ ROYALE DE MÉDECINE,

DE BORDEAUX,

Sur *la formation des pierres dans la vessie,
les prétendus lithontriptiques, et un nouveau
Procédé de cystotomie latérale ;*

Par Joseph Bacqué,

l'un de ses Membres.

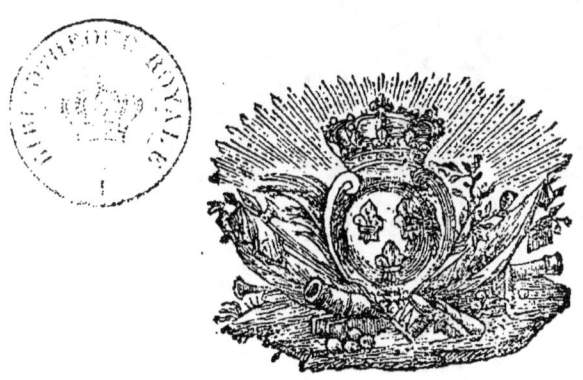

A BORDEAUX,

DE L'IMPRIMERIE D'ANDRÉ BROSSIER, MARCHAND
ET FABRICANT DE PAPIERS, RUE ROYALE.

Avril 1816.

A

La Société Royale

de Médecine,

de Bordeaux,

Comme un tribut que je me suis imposé
pour le perfectionnement de l'art.

Heureux si j'ai rempli ma tâche et satisfait
mon désir d'être utile !

Bacqué, D. M.

CONFÉRENCE

Faite le Lundi 22 Avril 1816, à la Société
Royale de Médecine, de Bordeaux,

*Sur la formation des pierres dans la vessie, les prétendus
lithontriptiques, et un nouveau Procédé de cystotomie
latérale;*

Par M. Joseph BACQUÉ,

L'UN DE SES MEMBRES,

Ancien élève de l'École-pratique de Paris, docteur en médecine,
ex-chirurgien en chef et consultant de l'Hôpital Saint-André de
Bordeaux, professeur à l'École royale de médecine de la même
ville, correspondant des Sociétés médicales de Montpellier et de
Toulouse, chirurgien-major de la Garde nationale Bordelaise.

———

Le liquide le plus compliqué par sa nature
et le plus susceptible d'intervertir l'harmonie
des lois physiologiques, lorsque sa présence est
trop long-temps prolongée dans l'économie ani-
male, c'est, sans contredit, l'urine qui émane
de la masse du sang, et se sépare particulière-
ment à travers la substance corticale des reins
de structure glanduleuse.

Cette humeur n'est point tout-à-fait excré-
mentitielle, puisque sa portion la plus subtile
est résorbée, en parcourant une série de canaux
appropriés, et transmise de là au torrent circu-
latoire. Il ne faut pas croire que l'appareil ex-

créteur commence à la substance rayonnée, car l'urine éprouve quelques élaborations avant qu'elle soit exprimée des sommités des mamelons dans l'intérieur des calices, ce que démontrent la ténuité et le nombre des tubes d'où elle distille. Le système exhalant des bassinets, dont la membrane interne est séreuse, et non de l'ordre des muqueuses, d'après l'observation anatomique, perspire une rosée abondante, qui sert de véhicule à l'urine. Le mucus des urétères et de la vessie lui imprime de nouveaux caractères; et, enfin, par son séjour au fond de cette poche musculo-membraneuse, elle s'associe à d'autres principes animalisés.

Dès lors son expulsion par le canal de l'urèthre suit plus ou moins rapidement l'effet du stimulus fixé dans la vessie, selon la distension de l'organe, l'acrimonie du fluide contenu, et le mode de sensibilité du sujet.

L'urine a une couleur orangée, une odeur *sui generis*, qui devient ammoniacale par la stagnation; elle est légèrement visqueuse, et offre à la fois un goût salé, piquant et amer.

La chaleur de l'urine égale la température intérieure des animaux; elle est de 30 à 32 degrés du thermomètre de Réaumur. Une partie se congèle, si on la soumet à 6 degrés au-dessous de zéro.

L'urine de l'homme recèle en elle-même des matières qui concourent au développement des calculs, en leur composant une base fondamentale. On y a reconnu les phosphates de chaux, de magnésie, d'ammoniaque et de soude, l'albumine et l'acide urique.

Les pierres peuvent quelquefois se former

dans les reins par des grains sablonneux ; elles s'accroissent en proportion des tuyaux qu'elles rencontrent, s'y arrêtent et les dilatent ; mais le plus souvent elles sont entraînées par les urines, et déposées dans la vessie, où elles deviennent le noyau d'agrégés plus considérables, autrement il arrive qu'un corps étranger, introduit dans la vessie par le canal de l'urèthre, s'établit centre de déposition, autour duquel s'amoncèle la matière crétacée, par couches successives dues à l'affinité chimique, au fluide glutineux que sécrète la membrane intérieure des voies urinaires, et à la condensation des sels, dont l'eau de cristallisation a perdu une partie de son calorique en passant de la liquidité à l'état solide.

Ces diverses substances, hors du domaine de l'organisation, sont tantôt de petits cailloux, plusieurs semences et d'autre fois des épingles, des aiguilles, des fragmens de fil de fer, des parcelles de sonde métallique ou de bougie creuse ou massive.

L'absorption plus énergique et la prédominance de l'albumine rendent les enfans très sujets au calcul. Chez les vieillards, où le mouvement de décomposition est en excès, le phosphate de chaux, après avoir saturé le système osseux, se porte sur des tissus dont la souplesse serait encore nécessaire au libre exercice de leurs facultés vitales, envahit les fluides circulans et sécrétés, et donne naissance à des germes calcaires précipités dans la vessie. Ils s'y accumulent, prennent des dimensions, des formes, des qualités différentes, se font remarquer par leur consistance ou le poli de leur périphérie. Si l'oxalate de chaux est du nombre des particules hétérogènes qui n'ont pas été *éliminées*, il *se manifeste* des pierres murales, dont les principaux traits physiques sont d'être noirâtres, pesantes, dures, friables, tuberculeuses ou recouvertes d'aspérités aiguës.

Ces élémens salino-terreux s'étant solidifiés par leur superposition, occasionnent au malade des ischuries et des souffrances intolérables qui l'obligent à recourir aux lithontriptiques vantés ; tels sont la pariétaire, la racine d'asperge, de fraisier, l'uva ursi, le miel de Narbonne avec l'alcohol, la térébenthine, les cloportes, le nitrate de potasse, etc. Tous ces remèdes agissent comme calmans; ils augmentent la circulation, et par conséquent la sérosité des exhalans. Il résulte de là, que l'urine est plus délayée; que les molécules des sels qu'elle possède se trouvant plus distantes, leur attraction est pour ainsi dire enchaînée, et ne peut s'exercer qu'après la concentration de l'humeur urineuse ou son évacuation au dehors.

Les injections conseillées par MM. Fourcroy et Vauquelin, comme propres à dissoudre le calcul à l'aide de l'alcali, soit minéral, soit végétal, ou des acides nitrique et muriatique affaiblis n'ont pas secondé les vues ingénieuses de ces célèbres chimistes. Il est impossible de faire les mêmes expériences et d'obtenir les mêmes produits dans un viscère vivant et un vase inorganique. Les pierres de la vessie n'éprouvent pas uniquement ces affusions intérieures; celles-ci sont encore disposées à corroder la texture de l'organe qui les reçoit dans sa capacité. Il n'est donc pas d'autres ressources que la main du chirurgien, pour pratiquer l'extraction des calculs vésicaux.

Manuel cystotomique.

Le petit appareil de Celse, le grand de Marianus Sanctus, le haut ou sus-pubien de Franco, le latéral de Frère Jacques de Beaulieu, sont les quatre méthodes de tailler. La dernière se pratique par des procédés différens très bien décrits dans les nombreux traités de médecine opératoire.

Les inventeurs ont reculé les bornes de l'art, en cherchant le moyen d'assurer le succès d'une opération déjà extrêmement difficile par la multiplicité et la variété des instrumens, dont le choix embarrasse les jeunes praticiens, et même quelquefois ceux qui ont l'habitude d'opérer.

Par exemple, comment pouvait-on être certain de la diérèse exacte des parties molles pour parvenir dans la vessie, lorsqu'on livrait l'extrémité supérieure du cathéter à une main inexpérimentée et autre que celle de l'opérateur? Souvent un aide, peu instruit ou distrait, était la cause de quelques événemens fâcheux.

C'est pourquoi Pouteau, ancien chirurgien en chef de l'Hôtel-Dieu de Lyon, voulant éviter cet inconvénient, imagina de pratiquer un anneau à l'extrémité du cathéter, pour y passer le petit doigt de la main gauche, afin de le tenir lui-même et de le diriger à volonté.

M. Guérin, de Bordeaux, a rendu ce cathéter plus court et plus épais dans toute son étendue; il y a ajouté une branche descendante, terminée par une olive creuse, destinée à recevoir un trois-quarts crénelé, dont la pointe s'enfonce dans la rainure du cathéter d'une manière invariable, et sert de conducteur à l'instrument tranchant, à peu près comme le trois-quarts qu'employait Palluci, après une incision préalable au périné, tandis que dans la réunion solide du poinçon entre l'olive et le cathéter, on fait la diérèse avec le petit ou le grand lithotome.

En 1806, étant chirurgien en chef de l'Hôtel-Dieu St. André de Bordeaux, j'eus occasion de pratiquer dans cet hospice l'opération de la taille latérale avec cet instrument.

Depuis, l'idée me vint d'ôter la traverse du trois-quarts, d'allonger sa tige, et d'y adapter une lame montée sur un mauche qui fait angle avec elle, à la faveur d'un anneau oblong où s'introduit le poinçon par son extrémité postérieure; du moment qu'il est inséparable du corps de l'instrument, on y glisse le cystotome jusqu'à ce qu'une vive arête indique par son contact que sa pointe est arrivée au cul-de-sac du cathéter contenu dans la vessie.

Quand j'eus exécuté cette pièce, je fis plusieurs essais sur le cadavre, et ils m'amenèrent toujours à la même fin, ce qui me décida d'employer mon procédé sur le vivant; et ce fut dans l'hôpital, le 10 Septembre 1807, que je taillai Joseph Lapeyre, de la commune de Samadet, département des Landes, qui portait une pierre du poids de deux onces et demi-gros, ayant deux pouces huit lignes dans son plus long diamètre, et un pouce cinq lignes dans son petit. Les suites de l'opération correspondirent à mon attente, le malade n'éprouva aucun symptôme alarmant; il sortit de l'hôpital le 1er. Novembre, parfaitement guéri.

Le 12 Avril 1808, j'opérai, par le même procédé, le sieur Grand-Jean, de la Teste de

Buch, avec une réussite complète. Il quitta l'hospice le 19 Juin, entièrement remis de la maladie cruelle qu'il avait enduré.

Malgré la précision que présente cette manière de faire la cystotomie, elle rentre dans la classe de celles dont l'instrument nommé lithotome est isolé du cathéter; en effet, le couteau risquant d'abandonner le sillon qu'il doit suivre, il faut revenir à plusieurs reprises pour le rencontrer; et si le sujet est faible, a une vessie racornie et petite, l'urine s'épanche quelquefois en coulant le long de la gouttière du trois-quarts, et expose à léser la partie inférieure et postérieure du viscère qui s'est rapprochée de l'antérieure. Dans un individu très irritable, lorsque le poinçon a pénétré l'intérieur de la vessie, et que le tâtonnement continue afin de placer le lithotome, le spasme vésical se déclare, et trouve sa cause dans la ponction du trois-quarts qui a déchiré inégalement les filets nerveux du réceptacle urinaire. Quand l'instrument est ensuite mal dirigé au milieu des parties à entamer, il s'écarte du lieu d'élection, ne débride pas la piqûre, et provoque des douleurs pongitives et des convulsions.

D'une autre part, le cathéter étant incliné par son extrémité supérieure vers l'aine droite du calculeux, sa partie convexe reçue dans la vessie fait saillie au périné, et change la rectitude du bulbe de l'urèthre, de sa portion membraneuse, de la prostatique, et du col de la vessie. Cette disposition fait que la lame de l'instrument tranchant et le cathéter une fois sortis, la plaie interne ne se trouve pas parallèle à l'externe, ce qui détermine des déchi-

remens, des fortes irritations, des phlegma-
sies, des infiltrations d'urine dans le tissu cellulaire, et des dépôts fistuleux.

La nature semble avoir marqué la route qu'il
faut tenir entre les muscles bulbo-caverneux
(périnéo-uréthral), l'ischio-caverneux (ischio
sous-pénien), et le transverse du périné (ischio-
périnéal.)

Il s'agit donc de faire ce trajet, et c'est-là
le véritable appareil latéral. Je crois avoir at-
teint ce but en laissant la convexité du cathéter
pleine, et creusant sa cannelure à gauche dans
une direction oblique de haut en bas et de dedans en dehors. Celle du poinçon est pareille-
ment inclinée. Dans cette occurrence l'incision
sera conforme à l'arrangement favorable des
parties, et une issue sera facilement ouverte
à la pierre qu'on se propose d'extraire.

L'instrument le plus sûr, et qui agit avec
promptitude en incisant d'un seul trait, est celui qui glisse sur le conducteur jusqu'à l'extrémité du cathéter, sans danger de blesser
d'autres parties que celles qui doivent l'être
pour l'exérèse du calcul.

Le nom que je donne à tout l'instrument
qui sert dans mon procédé, est celui de *cystotome à coulisse*. J'appelle le cathéter, *uréthro-
vésical*; la branche descendante, *support-commun*; le trois-quarts, *conducteur périnéal* ou
poinçon; l'espèce de pommeau aplati et tu-
bulé qui s'accommode à son bout quadrilatère,
chasse-poinçon; le couteau, *périnéo-cystotome
latéral*.

Exposition du nouveau procédé.

Le malade situé comme à l'ordinaire, on introduit l'uréthro-vésical jusqu'au réservoir de l'urine où l'on ressent la pierre ; ensuite on relève l'extrémité supérieure de l'instrument, sans l'incliner d'aucun côté ; on ajuste le chasse-poinçon au trois-quarts qui s'annexe dans l'olive du support-commun, et on le plonge à gauche du raphé, environ à un pouce au-dessus de la marge de l'anus : on est assuré que sa pointe est rendue dans la dépression de l'uréthro-vésical, par le rapport réciproque d'une petite éminence du poinçon, et d'une échancrure de la partie supérieure interne de l'olive ; on l'assujettit avec la vis de pression, que je préfère au ressort, parcequ'elle donne plus de solidité ; et on démet le chasse-poinçon, car sa connexion est simplement accessoire et peu serrée.

Le chirurgien insère ensuite le petit doigt de la main gauche dans l'anneau supérieur, et le pouce de la même main dans l'inférieur ; les trois doigts intermédiaires embrassant le support-commun, qu'ils maintiennent en ligne verticale. Cela fait, il prend méthodiquement le périnéo-cystotome, c'est-à-dire, les quatre derniers doigts de la main droite sont fléchis et couchés dans la concavité du manche, latéralement et en dehors duquel s'applique le pouce. Il enchâsse la tige du conducteur dans le tenon coulant qui se trouve derrière la lame et sur son dos, ayant le soin d'appuyer de dedans en dehors, sur l'extrémité libre du manche ; aussitôt il pousse l'instrument, qui d'un seul coup produit une section oblique jusque dans la vessie.

L'opération ainsi pratiquée, avec cette simplicité que les vrais chirurgiens doivent tous rechercher, on explore la pierre, sans autre moyen auxiliaire que le doigt indicateur qu'on insinue dans la plaie, et sur lequel se transportent les tenettes. On saisit le calcul autant qu'il est possible par son moindre diamètre, et on le retire au dehors, en exécutant les préceptes connus.

Les parties divisées sont la peau, le tissu cellulaire adipeux de l'endroit sus-mentionné, et la région gauche du col et du corps de la vessie.

L'instrument n'offense pas l'urèthre; la raison en est, que ce canal conserve sa situation naturelle, et ne se présente pas à la pointe du trois-quarts, qui chemine parallèlement à sa portion membraneuse, passe à gauche et un peu en arrière de la prostate, et va percer la vessie à son col.

Avantages de ce Procédé.

On divise hardiment tout ce qui se présente au tranchant du périnéo-cystotome, jusqu'à son arrivée à l'extrémité de l'uréthro-vésical.

La célérité de son action effectue des douleurs moins violentes que de coutume et instantanées.

L'instrument suffit seul avec des tenettes pour exercer la cystotomie.

La solution de continuité est nette sans déviation, et accompagnée seulement d'hémorra-

gie capillaire, qui diminue l'engorgement intérieur des tissus excités par le voisinage du
calcul.

La plaie cystique est à la partie la plus dé-
clive, et limite profondément un trapèze, dont
l'extrémité la plus large est à la surface péri-
néale.

Enfin, on peut agrandir l'incision à mesure
qu'elle devient extérieure, si l'on fait un mouvement de bascule, en prenant le point d'ap-
pui sur l'angle saillant du périnéo-cystotome
latéral que l'on retire vers soi. Cette modification
du mécanisme de l'instrument n'est convenable
que lorsque la pierre a été soupçonnée volu-
mineuse.

FIN.

EXPLICATION *de la figure représentant les diverses parties du cystotome à coulisse.*

(A) L'uréthro-vésical.

(B) L'anneau où s'engage le petit doigt de la main gauche.

(C) Le support-commun.

(D) L'anneau par lequel passe le pouce.

(E) La vive arête du périnéo-cystotome latéral.

(F) Celle du conducteur périnéal.

(G) L'olive surmontée de la vis de pression.

(H) Le tenon coulant, à cavité tétragone.

(I) La lame du périnéo-cystotome latéral.

(K) Le chasse-poinçon amovible.

(L) Son orifice de réception.

(M) Le conducteur périnéal libre. Sa forme est carrée aux deux tiers de sa longueur, puis elle est arrondie entre l'arête (F) engrenée dans l'olive, et sa pointe qui est prismatique et triangulaire.

(N) Le périnéo-cystotome latéral, dégagé de la cannelure du poinçon et de l'uréthro-vésical.

(O) Rainure du conducteur périnéal ; *et*

(P) Celle de l'uréthro-vésical, situées toutes les deux à gauche et dans un sens oblique de haut en bas et de dedans en dehors.

Nota. *La grandeur des pièces de l'instrument varie suivant les différens âges.*

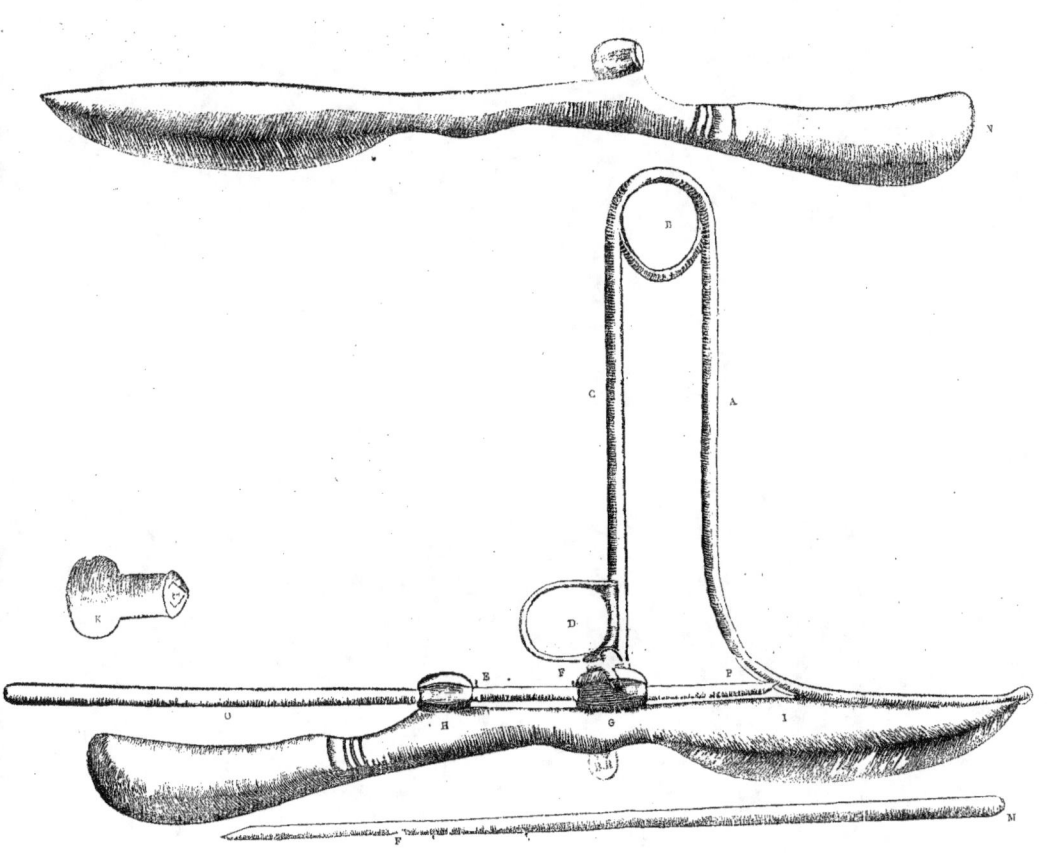

www.ingramcontent.com/pod-product-compliance
Lightning Source LLC
Chambersburg PA
CBHW061422170626
46811CB00005B/2093